KB068185

쏟아지는 밤

쏟아지는 밤

더필름 지음

RHK
알에이치코리아

글도 음악도 그 사람을 닮는다고 생각합니다.
글과 음악은 글과 음악이기 이전에
그 사람의 생각과 마음이니까요.
더필름의 섬세하고 결이 고운 음악과 글들은
아마도 그의 일상이 그렇기 때문이겠지요.

사소하고 자질구레하지만 더없이 소중한 것들.
다들 잊고 지내지만 어쩔 수 없이 반짝이는 순간들.
사랑과
사람과
기억과
일상의 조각들,
그런 미묘한 찰나들을 포착해내는
그의 글들을 읽다가
그래요 어쩌면 당신도

사랑이 하고 싶어질지 모르겠네요.

봄이에요.
이 무렵의 햇살 속에서
가만히 읽기 좋은 한 권입니다.

— 심현보

사랑이란 추잡스러운 것이다. 아무리 고상하고 잘난 사람도 연애 앞에 이성의 끈을 놓친다. 사랑이 시작될 때는 세상 누구보다 기름기가 돌아서 창피한 것과 창피하지 않은 것을 구분하지 못한다. 사랑이 끝날 때는 세상 누구보다 절박해져서 해야될 것과 해선 안 될 것을 구분하지 못한다. 그렇게 흑역사를 쌓는다. 시간이 흐르면 그런 흑역사도 오스카 와일드의 경우처럼 문학적 성취로 평가받기도 하지만 어찌 됐든 대개의 경우 꼴사납기 이를 데 없는 것이다. 그러나 그리도 추잡스러운 사랑 없이 인간은 살아가지 못한다. 살아, 나가지, 못한다. 그래서 오늘도 우리는 누군가에 닿기 위해 그리도 애를 쓴다. 이 책을 읽을 독자의 손끝에는 바로 그런 우리들에 관한 애처로움이 묻어날 것이다.

— 허지웅

젊은 날의 내가 어느덧 정신을 차려보니 사랑과 추억으로 어른이 되었다는 걸, 책을 보며 다시 깨닫게 되었다.
읽다 보니 기억나는 '사랑의 감정에서' 문득 생각나는 얼굴이 있었다. 당신도 꼭 느껴보시길.

— 토니안

작가의 사랑 이야기 속에서 내 모습을 찾아가는 재미가 쏠쏠하다. 우리 모두의 이야기이다. 모두가 다른 듯 같은 사랑을 하고 있다.

— 정지찬(원모어찬스)

언젠가 우리 신곡을 듣고 필름 형이 연락을 해온 적이 있다. "너흰 어쩜 마음속에 아직 스무 살이 있니." 나도 이 책을 읽은 후 똑같이 말하고 싶어졌다. "형, 옛날 생각나게 왜 이래."
가볍게 읽다가 웃음이 나기도 하고 슬퍼지기도 하는 그런 문장, 단어들.

— 재주소년

누군가가 그랬다.
내 음악을 들으면 네가 옆에서 말하는 것 같다고.

그러면서 그랬다.
너랑 헤어진 사람은
너를 분명 별로 보고 싶지 않을 거라고.

아니, 조금 더 정확히 말하면
힘들게 그리워하지는 않겠다고.

네가 잘 있나 궁금한 날엔
그냥 몇 단어를 검색하거나
이어폰을 꽂고 너의 목소리를 들으면

옆에 있는 것 같으면서도
부담스럽지도 않고 좋을 거라며.

그런 얘기를 들을 때면
나는 한없는 불공평함을 느꼈다.

누구나
보고 싶은 마음 있고
숨고 싶은 마음이 있다.

이 책에 실린 100여 개의 글들은
보고 싶은데 보지 못하고
숨고 싶은데 숨지 못하는
마음들만을 촘촘히 담아냈다.

쏟아지는 마음은
감추지 못한다.

— 더필름

1부
너라는
계절

2부
쏟아지는
밤

1부

너라는 계절

갑과 을의 사랑

"선배."

"응."

"선배는 살면서 몇 번의 사랑을 한 것 같아요?"

"한 번."

"그걸 믿으라고요?"

"맞아."

"에이, 내가 사귄 사람만 눈으로 본 게 몇 명인데."

"지현아."

"네?"

"너는 남녀 사이 사랑에 계약관계가 있다고 믿어?"

"무슨 말이에요?"

"이를테면, 사랑을 하면 누군가에게 한쪽은 을이고 한쪽은 갑이라는 얘길 믿느냐는 말이지."

"음, 어느 정도 동의하는 편이에요."
"그렇지? 살아보니 내가 어떤 누군가에게 을이면 상대방은 갑이, 그런 계약관계는 반드시 발생하더라. 굳이 나누자면 늘 나눌 수 있어. 안 믿기면 집에 가는 길에 해봐. 신기하게도 정말 모든 연인 사이를 갑과 을로 나눌 수 있을 거야. 정도의 차이는 있겠지만 말이야."

"을일 땐 어땠어요?"
"을일 땐 화나지. 오랜 기간 사랑이라 착각할 가능성도 커. 심지어 비참히 차였을 때도 말이야. 하지만 그건 그저 내가 가지고자 했던 걸 소유하지 못함에서 오는 일종의 분노일 뿐이야. 첫사랑이나 짝사랑이 아름답게 기억되는 건 애초에 소유할 수 없는 존재이기 때문이지. 미화까지 하며 사랑이라 착각하지만, 유감스럽게도 그건 사랑이 아니야."

"그럼 갑은요?"

"갑일 땐, 사랑이 뭔지 잘 생각해보지 않지. 그냥 눈앞의 행복만 좇아. 지금이 편하고 행복할 뿐이야. 상대가 원하는 걸 다해주거든. 갑은 을의 기분을 절대 이해 못해. 나 행복하고 편한 거 생각하기도 벅찰 거야. 훗날 자신이 을의 입장이 되어 피눈물도 흘려보고, 고마워할 줄 알아야. '아 내가 그때 그랬구나, 나쁜 놈이었구나' 하며 을의 마음을 이해할걸. 하지만 자신이 다시 갑이 되면 을의 시절은 또 까마득히 잊어. 쉽게 다시 행복해지려 할 거야. 그러나 그것 또한 사랑이 아니야."

"그럼 선배는 모든 관계가 누군가에겐 갑이고, 누군가에겐 을이었어요?"

"생각해보면 그랬어. 정도의 차이는 있겠지만 굳이 나누자면 그렇게 갑과 을은 반드시 존재했어. 다만,"

"다만?"

"한 번, 딱 한 번, 그렇지 않은 적이 있어."

"그건 뭔데요? 병? 정? 슈퍼 갑?"
"아니."

"딱 한 번 갑도 을도 아닌 사이가 있었어. 헤어지고 나서 오랜
시간이 지나도 갑도 을도 아닌 행복했던 사이였던 것 같아."
"아…"

"지현아."
"네?"

"아까 그 질문 다시 해줄래?"
"살면서 몇 번의 사랑을 하셨어요?"

"한 번."

새 옷 냄새

계절이 바뀌어
옷을 새로 꺼내 입다 보면.
무언가 낯설면서 반가운 냄새

몇 해 전인가
잘 보이고 싶어 골랐던 니트

너를 만나러 가는 날 빼곤
늘 옷장 속에 보관해뒀지.
유독 아껴 입었는데

매번
입어볼 때마다 생각나.

처음 입었을 때
그 느낌

자몽의 달콤함을 알게 된 순간

"자몽은 언제부터 먹었어요? 자몽 에이드도 싫어했잖아요."
"좋아하던 사람이 자몽을 좋아했어."

"그래서요?"
"그 사람이 좋아하는 걸 함께 하고 싶어서
그때부터 좋아하게 됐어.
입에 썼지만, 그 사람과 함께 먹는 맛이 좋았지.
쓴 맛이 달콤하게 느껴질 정도로. 매일 같이 먹었어."

"그때부터였나 봐. 자몽의 달콤함을 알게 된 순간이."

좋아한다는 건
쓴 맛마저 달콤하게 느껴지게 하는 기분

"왜 헤어졌어요?"

"그러게요."

"당신 같은 사람도 헤어질 일이 있군요."

설레임

헤어지기로 결심하고
일주일이 지난 어느 날,
무작정 그 아이 동네로 날아갔다.

고속버스터미널에 내려
택시를 잡아 타고 그곳에 도착해
제일 먼저 찾은 것은 설레임이었다.

"덥다. 설레임 먹자."
"그게 맛있냐?"
"응. 히히."

그 아이가 설레임 말고
다른 아이스크림을 입에 문 걸
본 기억이 있었나.

이미 이별 상태였던 우리

무작정 왔다고 통보하고

나올 때까지 기다리겠노라 엄포하고

늘 만나던

충대 앞 레스토랑에서

음료를 주문하고

상점에서 미리 사온 설레임을

비닐봉지에서 꺼내어

냉동실에 넣어줄 것을 직원에게 부탁한다.

조금 뒤

그 아이가 나타난다.

얼굴은 촌스럽게 벌게져서.

그 아이는

나보다 더 자기 표정을 숨기지 못한다.

"왜 왔어?"
"그냥 왔다. 왜."
"이렇게 나타나면 멋있는 줄 아냐?"

직원에게
눈짓으로
아이스크림을 부탁한다.

그 아이는
아이스크림이 나올 때까지 투덜댄다.

못 본 사이
얼굴이 더 좋아졌다며
살도 빠지고

혈색도 좋아졌다며
내가 없으니
어쩜 그리 말끔해지셨냐며
살만한 것 같다며

평소엔 말도 없던 사람이
종알종알 불만을 늘어놓다
직원이 들고 온
아이스크림을 보고
얼굴이 더 벌게지던 그 아이.

"이거 뭐야?"
"네가 좋아하는 거잖아."
"그니까 이게 왜 여기 있는 건데?"
"오늘부터 여기서 판댄다."

"이게 그렇게 맛있니?
나도 한번 먹어보자.
원래 이렇게 딱딱해?
어떻게 짜 먹는 거야?"

나는 그녀 없인 모든 게 서툴다.

"칠칠맞기는, 이리 내놔봐.
이런 것도 하나 못 먹냐?"

그 아이는 아이스크림을 홱 낚아채
얼굴이 붉으락푸르락해진 채로
아이스크림을 짜는 시범을 보이다

이 상황에서
웃어야 되나

화내야 하나
대체 어떤 표정을 지어야 하나
고민하다
닭똥 같은 눈물을 주르륵 흘린다.

"바보같이 이것도 하나 못 먹냐?"

붉게 충혈된 눈으로
아이스크림을 먹으며 나를 째려보더니
이내 다시 아이스크림을 내려놓고
두 손을 얼굴에 가지런히 올려놓고
평평 울기 시작한다.

그녀는
긴 손으로
얼굴을 참 잘 가린다.

그날,

우리는 화해했다.

그리고 아마

일 년을 더 행복했다.

비가 오네.

너를 데리러 갈 구실이 생겼다며
매일 비가 왔으면 바라던 날들.

우산 접기

"이리 줘 봐요."

그녀는 우산을 잘 접었다. 우산을 쥐여주면 몇 분간 그것에 몰두하곤 했다. 처음엔 왜 저러나 싶었는데 받을 때마다 깜짝깜짝 놀랄 수밖에 없었던 건 곱게 말아진 우산 때문이었다. 어찌나 곱게 접었는지 말아 올린 간격이 하도 가지런해 새 것이라 해도 믿을 정도였다. 그것은 수공예품을 넘어서 어떤 예술의 경지에 이르러 있는 느낌이었다.

비 갠 오후가 되면 그 기억들이 생각난다.
우산을 접는 것에도 반할 수 있구나, 생각하던 날들이었다.

그때도 유독
소나기가 많던 여름이었다.

꽃을 찍는 남자

사랑에 빠지면 남자는 갑자기 꽃이 눈에 들어온다.

이를테면, 평소에 무심코 지나쳤던
길가에 핀 이름 모를 들꽃 같은 걸 괜히 찍는다던가.

봄비 I

핸드폰을 손에 쥔 채 기절했나봐.
불을 켠 채
몇 시간을 잔 걸까.

그렇게 자면 감기 걸린다고
창문을 그리 소란스레 두드렸나봐.

4월이야.

그녀의 전생은 고양이

사랑을 모를 땐
다 주는 강아지가 좋았는데

사랑을 알면 알수록
이상하게 고양이가 좋아져

다가가면
재빨리 도망치고

사라졌나 싶어
기다리면
어느새 빼꼼히 훔쳐보다
마주치면 다시 숨고

먹이를 들고
주변을 배회하면

거리를 유지하며
경계하다
날름 잠시 순해지고

행여 잠시
친해졌다 생각해
건드리면
달려들고

그렇게
같이 물고
같이 할퀴고
같이 뒹굴고

언제 또 그랬냐는 듯
새침하게

사뿐 걷고

그녀의 전생은 분명
고양이였을 거야

"왜 만나자고 하셨어요?"
"예뻐서요."

"농담하지 마시고요."
"그냥 관심 있어 보자 했어요.
만나고 싶으니까."

"어쩜 그렇게 낯빛 하나 안 변하고 말해요?
부끄럽지 않아요?"

"난 거짓말할 때 부끄러워요."

손편지

손편지를 썼을 때
나를 가장 나답게
만들어주는 사람을 만나세요.

그냥 나를 나 자신으로 만들어주는 사람
내가 어떤 사람인지 나도 모르게
편지에 적어 내리게 하는 사람

어떤 조미료도 필요 없는 사람
선한 방향으로 끌어주는 사람
혹은 잠들어 있는 나를 일깨워 주는 사람

그런 사람을 만나세요.

진짜 좋아한다는 건
그런 거지

"나이가 들면 연애하기 힘들어지는 이유가 뭘까?"
"두려우니까."

"헤어지는 게?"
"다양하지. 사람에 상처받기도 싫고, 이 나이에 뭐하는 건가 싶
고 … 어쨌든 여러 이유가 있지."

"그게 단가?"
"그게 다겠어?"

"친구들 눈치도 살피고
그쪽 부모님이 좋아하실지도 신경 쓰이고
우리 집이랑 비교도 해보고
주위 부부 사이 안 좋은 친구도 생각나고
결혼할 나이면 괜히 부담스럽고
언제까지 애들처럼 밀당 연애할지도 한숨 나오고

그렇다고 조건만 보기는 싫고

나는 적당한 어른인지 염려스럽고

그럴 자격이나 있는지 자꾸 자책감만 들고."

"야, 그래서 어떻게 연애하냐?"

"그래도 하게 돼."

"저걸 다 만족시키는 사람이 있어?"

"아니. 하지만 하겠단 생각이 들면 저 생각이 싹 지워져."

"정말?"

"응, 그런 사람이 연애할 만한 사람이야."

"진짜 좋아하는 건 그런 거지."

흡

당신을 만나고 온 날은
온통 당신의 향기로 가득 차 있죠.

다음 날 굳이 어제 입었던 옷을
다시 찾는 이유도 그러합니다.

목선 아래로 옷감을 집어 당겨
코에 한 번 대고 크게
흡—

한 호흡 하고 집을 나서면
그보다 상쾌할 수 없습니다.

오늘도 당신과 함께 하는 것 같습니다.

지금 시각,
그대 마음 4시 50분

여자친구는 시계였다.
항상 4시 50분이면 전화가 왔다.
퇴근하는 시간이었기 때문이다.

여자친구는 가끔 알람이기도 했다.
밤새 녹음을 하고 아침에 잠을 뒤척이면
난 그 시간에 일어나야 했기 때문이다.

한 번은 여자친구와 크게 다툰 적이 있었다.
그런 아이가 아니었는데 연락을 받지 않았다.
4시 50분에 전화가 오지도 않았다.
아마 헤어질 결심을 한 모양이었다.

전화를 받지 않던 일주일이
나에겐 까마득한 일 년만 같았다.

그때 이 곡을 썼는데
가사도 민망하고
목이 멘 채 부르는 내 목소리도 민망하고
마침 곧 여자친구랑 화해하는 바람에

여자친구가
유일하게 못 들은 곡으로 남았다.

이제 4시 50분에
전화벨은 울리지 않는다.

멀리 있었기 때문일까.
나는 항상 그 아이와 전화할 때면
수화기를 타고 하늘을 나는 기분이었다.
샤갈의 그림처럼

나는 4시 50분

늘 그곳으로 날아갔다.

내 전성기는 너였어

내 전성기는 너였어.

히로코의 편지

답장이 없는 편지
써본 적 있나요.

답장이 오지
않을 걸 알면서도

가끔 메일함을 열어
끄적끄적
적어 내린 편지
수취인 없는 편지
써본 기억 있나요.

가끔은 히로코의 마음을 알 것 같습니다.

"후지이 이츠키가 편지를 보내올 리 없잖아!"

나는

오늘 아침 그런 편지

한 통을 썼습니다.

아침부터

비가 내려 좋습니다.

그래서 히로코의 편지를 썼습니다.

유통기한

설레는 순간도 한계가 있는 것 같다.

누군가를
다시 만난 적은 없지만
최근 '재회'에 관한 생각을 해본 적이 있다.

눈부시게 사랑했거나
눈물 나게 아꼈던 사람을
다시 만나는 상상을.

우리는 유리 틈 하나를 두고
투명한 창을 통해 처음 서로를 알아보았는데

그 쏟아지듯 반짝이던
햇살 같은 순간이 바래질까봐
다시 보는 상상마저

쉽게 엄두가 나질 않더라.

설레는 데 유통기한이 있다면
그 감정을 담아
어디 급속 냉동이라도 시킬 순 없는 걸까.

유럽 공주

그녀는 평범한 집에서 자란
평범한 사람이었지만
내가 만나본 어떤 사람보다 고귀함이 묻어났다.

그녀에겐 시장에서 산 3만 원짜리 셔츠도
'이거 얼마 주고 샀어?'
사람들에게 묻게 하는 능력이 있었다.

늘 궁금했다.
무엇이 그녀를 그토록
반짝반짝 빛나게 할까.

우아하고 절제된
그녀의 목소리를 들을 때면
가끔 유럽의 성에 온 듯한 기분이 들었다.

상냥함, 따뜻함과는 다른 종류의 어떤 범접할 수 없는 우아함.
마치 하얀 목련을 닮아 온통 주위를 향기롭게 하는,
그녀는 그런 어떤 기운을 갖고 있었다.

그녀를 통해 진정한 여자의 도도함은
드러냄이 아니라 부드러움이 아닐까 생각한 적이 있다.
부드러움은 때로는 도도함마저 넘어서는 품격이 존재했다.
온화함보다 더 고급스러움의 끝에 자리한 것은 없었다.

그녀를 만나러 갈 때면
언제나 이름 모를 유럽의 성을 찾아가는 기분이었다.

네가 보고 싶은 날이면
네가 있는 하늘이 그리운 날이면

쓰러질 듯한
낡은 차를 끌고
언제든 달려갔어.

솔직히 가끔은,

너를 만나는 순간보다
너를 만나러 가는 시간이
행복한 적이 더 많았던 것 같아.

어린 왕자의 여우가
3시부터 행복해했듯이.

헤어진 후에도 그랬어.
너를 만나지 못한다는 걸 알면서도
한 손엔 곰 인형을
어떤 날엔 꿀물차를
어느 날에는 사탕과 초콜릿을 싣고

그리울 때마다
내 낡은 차를 이끌고
못난 욕심을 채우기 위해
그곳을 찾았어.

달리는 동안만은
그 자리니까.

달리는 순간만큼은
항상 그 자리니까.

너를 만나러 가던
마지막 날,

그날은
이른 봄을 시샘하듯
때늦은 함박눈이 펑펑 내렸어.
많은 사진을 찍던 그날.

나는 마치 한동안 오지 못할 사람처럼
여러 장의 사진을 찍었지

함께 앉던 벤치도
자주 가던 레스토랑도
즐겨 찾던 공원도

그렇게 한 줄 한 줄

추억을 기록했지

낡은 차와
마지막 이별하던 날

그날 밤
나는 작은 꿈을 꾸었다.

우리는 한밤중 고속도로였고
너를 마지막 보러 가는 중이었지.

한 손에 곰 인형을
옆자리엔 네 목에 좋을 꿀물차를
뒷좌석엔 사탕과 초콜릿을 잔뜩 싣고
마지막으로 행복했어.

너를 만나러 가는 길

저 멀리 벤치에
네가 보인다.

그 해 여름

누군가의 여행 사진 속에서
그 시절 뜨거웠던 여름을 떠올린다.

기억의 인자란 잔인한 것
눈에 닿을 듯 기억되는 오감이
원망스러울 때가 한두 번이 아니다.

알면서 가슴에 묻는 것들이 많아진다.
새벽을 새하얗게 지새우던 나만 아는 얘기가 있지.

그 바람이, 그 바람이 불어온다.

아이패드

"아이패드를 사고 싶은데요."

"네, 언제 만날까요?"

"당장이요."

그렇게 학교 앞에서 판매자를 만났다. 단정한 외모와 말투만큼 아이패드는 참 잘 관리되어 있었다. 취업을 준비하는 대학생인 듯했다.

"괜찮으면, 커피 한 잔 살 테니 몇 가지 사용법만 가르쳐줘요."

"좋지요. 무엇을 가르쳐 드릴까요?"

"끄고 켜는 방법이랑, 피아노앱을 하나 깔아줘요."

탄산수를 태어나 처음 마셔본다는 친절한 학생은 피아노앱 말고도 이것저것을 세팅해주었다. 이미 집에서 초기화해 가져온 아이패드는 깔끔하기 그지없었다. 그는 여러 유용한 사용법을 알려주었다. 판매글을 올린 지 몇 시간 만에 바로 사겠다며 달려온 구매자가 신기했기 때문인지도 모르겠다.

"이게 왜 필요하신데요?"

"누가 카페에서 공부를 좀 같이 하자 했는데, 마땅히 할 게 없어서요. 음악하는 사람인데, 스마트폰 화면은 피아노 치기에 너무 작고, 그렇다고 갑자기 안 보던 책을 가져오려니까 어색했어요."

"정말 그 이유 때문인가요?"

"네."

학생은 적잖이 당황한 듯하더니 자신의 얘기를 해주었다. 그의 말에 따르면, 그는 어떤 물건을 살 때도 여러 번 고민한다고 했다. 어떤 제품이 좋을까, 오래 쓸 수 있을까, 정말 내게 필요한 제품일까. 그래서 그는 구입한 물건에 대한 관리도 잘해온 듯했고, 설명도 잘해주었다. 살 때도, 팔 때도 몇 날 며칠을 고민한다는 그에게 나의 단순한 이유는 잘 와 닿지 않았을 것이다.

그날 카페에서 나는 아이패드를 꺼냈다.

"이거 왜 가져왔어요?"
"같이 할 게 없어서."

"오늘 샀어요?"
"응."

"아니, 이것 때문에 덥석 사와? 아깝지 않아요?"
"안 아까운데? 어서 공부해."

돈은 중요하지 않았다. 물론 큰돈이지만, 조금도 아깝지 않은 순간이 있다. 어느 날엔가는, 그녀가 눈에 밟혀 하던 강아지를 몰래 데려온 적이 있었다. 좋아하는 마음의 표현이었다.

"어떻게 이렇게 덥석 데려와요?"
"네가 좋아하니까."

"아, 그건 그냥 내 마음이었지. 이렇게 하면 미안하잖아요. 앞으로 오빠한테는 조심하면서 말해야겠어요. 그냥 내 마음이 그렇다는 거라고요."

어느 날, 그녀가 내게 학생과 똑같이 물어왔다.

"그래도 나한테 뭐 줄 때, 뭘 살 때, 고민하고 그래야 하지 않아요? 아까울 수도 있고, 지금 가진 돈도 좀 계산해야죠. 너무 그렇게 쓰지 마요."

그녀에게 대답했다.

"계산하기 싫어 사는 거야. 그게 내 마음이야."

순수한 사람에겐

계산하기 싫어진다.

"왜 전화했어요?"
"얼굴이 생각 안 나서."

"그래서 전화했어요?"
"응. 목소리 들으면 생각날 것 같아서."

"방금 봤는데 생각 안 나요? 서운하네."
"밋밋해서 그런가봐."

"밋밋하다뇨. 뭐 가요?"
"얼굴이, 하하."

"사람 얼굴을 두고 밋밋하다뇨. 내 얼굴 어디 가요?"
"눈, 코, 입 다."

"그런다고 얼굴이 생각 안 나요? 그런 사람 왜 좋아해요?"

"그런 사람이 좋은걸."

생각 안 나는 사람이 좋아.
잊혀지기 전에 봐야 하니까.

"왜 그렇게 눈이 예뻐요?"
"눈이 예쁜 사람을
오랫동안 사랑해서 그런가 봐요."

오랫동안,
아주 오랜 시간 동안

첫눈

새벽에 집으로 오는 길
서울엔 눈을 뜰 수 없을 정도로
환한 눈이 내리더군요.

당신은
누가 맨 처음
생각이 났나요?

문자는 보냈나요?

첫눈,
잘 사나요?

잘 살고 있나요?

꼭 붙잡아준다 했잖아

사람이 사람에게
감정이 생기면
마음이 땅에 붙어 있질 못해

아무리 묶어두려 해도
하늘로 붕 뜨려는 습성이 있어

많이 다쳐봤으면서
많이 아파봤으면서

다시는 올라가지 않겠다고
몇 번이나 울며
다짐했으면서

마음은 마치 풍선과 같아

풍선이 올라갈 때
y축은 그리 높지 않았으면 좋겠어

사랑이 하늘로, 하늘로 올라갈수록
두려워지는 습관이 생겼거든

영원한 게 없다면
언젠가 풍선도 땅으로 내려올 텐데,
높이 오를수록 내려오는 것이 쉽게 감당이 되질 않아

x축은 숨 쉬는 기간보다
조금 더 길었으면 해

짧은 고공비행보단
긴 저공비행이 좋아
길게, 낮더라도 길―게

그래서
풍선이 살아 있는 동안에는
다신 땅을 밟지 않았으면 하는 바람이 있어

사람의 일생이 영원하지 않다면
살아 있는 동안엔 내려오지 않을래
그렇게 행복한 저공비행만 하다 떠나고 싶어

너무 깊이
사랑하지 않아도 좋으니까
너무 높이
오르지 않아도 좋으니까

더 이상 아름다운 하늘
그리워하고 싶지 않아

날아가지 않게
꼭 붙잡아 준다 했잖아

손난로

"오빠 손은 따뜻해서 좋다."
"난 뜨거운 사람인데?"

"뜨거운 것도 좋지!"
"델지도 몰라."
"괜찮아, 내 손은 얼음장 같으니까 사르르 녹을 거야."

겨울에 손난로가 되려면
얼마나 뜨거워야 하는지 너는 몰라.

가슴 떨려

몇 년이 지나도 처음 나눈 대화를 읽어보면 가슴 떨려.
이건 얼마나 대단한 일일까?
네가 그립지도, 다시 만나고 싶지도,
그렇다고 원망하거나 미워하지도 않는 상태로
첫 대화가 아직도 떨릴 수 있단 건
얼마나 놀라운 일인지 모르겠어.

깊이 사귀는 게 아니면 좋게 헤어지는 게
평생 아름답게 남는 일이란 걸
나는 너를 통해 깨달았지.

솔직히 말해 죽자 사자 사랑한 사람과의 기억은
되돌아보면 후회투성이뿐이었어.
그토록 집착했던 시간, 편지, 선물.

돌이켜 보면 그 사람을 사랑한 게 아니라

나를 사랑한 시간이었는지 모르겠어.

하지만 너와는 좋은 기억만 남아 있어.
삼성동 30층 어느 호텔 라운지 우연한 첫 만남, 당일치기 여행,
틈만 나면 갑작스레 날아가던 목동의 그 낮은 하늘.
한참 설레만 하다 만나지 못했으니
오히려 잘된 일인지 모르겠다.

영원할 게 아니면 차라리 이렇게 닿기 힘든 존재가 되어
평생 가슴 떨림 가르쳐준 너에게
나는 지금 얼마나 감사한지 모른다.

가슴 떨려.
첫사랑도 아니고
사랑이 뭔지 알만한 나이에 헤어져도
설렘이 영원처럼 박제될 수 있다니.

나는 뒤늦은 첫사랑을 너에게 배웠나 보다.
지금쯤 어디서 뭘 하고 있을까.

가는 길마다 찬란한 길이었으면.

"그 친구랑 언제 만났어?"
"2010년"

"그 친구랑 소개팅 언제 했었지?"
"2014년"

"참, 그 오래 만난 친구랑은 언제 헤어졌어?"
"2007년"

"아니, 넌 그런 걸 어떻게 그렇게 바로 대답해?
사귀지 않았던 사람도 다 기억하네?"

"바로 대답한 거 아니야.
30초 정도 있다가 대답해줬잖아."

"30초 동안 뭐 했는데?"

"그 친구와 본 영화를 검색했지."

"그걸 왜?"
"개봉연도가 나오니까."

"그런 걸 다 기억해?"

"좋아했던 사람과 떨리던 순간이나
그 사람과 마지막으로 본 영화는 전부 기억나."

정말 다 생각나.

헤어지기 전 날 밤 봤던
그 지루했던 피만 잔뜩 나오던 살인 영화도

처음 연인으로 만나기로 한 날

그 사람의 눈 가려주며 서로 실실 웃던
유치한 좀비 영화도

서로 마음 잘 몰라 할 때
조심스레 손잡고 그토록 떨린 맘으로 보던
그 로맨틱 코미디도

카톡 캡처

"찰칵"
"찰칵"

"뭘 찍어? 나 찍지 마."
"캡처하는 거야."

"만나는 사람 생겼구만?"

좋아하는 사람이 생기면
카톡을 캡처하기 시작하는 사람들이 있어.

정지 화면

지금은 없어진 코즈니라는 가게가 명동에 있었다. 내 기억이 맞는다면 코즈니는 고속터미널에도, 명동에도, 이대에도 있던 예쁜 인테리어 소품 가게였다.

당시 나는 장거리 연애 중이었는데, 만나던 사람은 내려가기 전 꼭 코즈니를 한 바퀴 비잉 도는 습관이 있었다. 기억나는 건, 그 가게 가운데를 장식하던 코믹하게 생긴 기린과 사슴 두 마리를 꼭 쓰다듬고 가는 그 사람의 모습이었는데, 어느 날엔가 왜 그것들에 집착하느냐고 물으면 '그래야 내려갈 때 마음이 편해진다'는 답이 날아오곤 했다.

생애 첫 함께 맞는 두 번째 크리스마스를 위해 나는 그 두 아이를 선물로 준비했다. 그녀가 좋아하던 가게에 들러 기린과 사슴을 사서 차 트렁크에 넣어두고, 주위를 온갖 선물상자와 알록달록 풍선으로 채우는. 영화나 드라마에서 흔히 볼 법한 이벤트이지만 나는 한 번도 해본 적 없는 그런 이벤트를 살면서

한 번은 꼭 해보고 싶었다.

80년대 영화에서나 볼 법한 내 촌스러운 이벤트 계획은 이러하였다. 특별히 준비한 크리스마스 선물은 없는 척, 평범한 식사를 하고 데려다주는 길에 차가 고장 났다고 연기를 하는 것이었다. '차 좀 밀어 달라'고 부탁해 그녀를 차 뒤로 보내놓고, 운전석에서 트렁크를 열어 '짠' 놀라게 하는, 지금 생각해도 유치한 이벤트지만 누구나 한 번쯤 해보고 싶지 않을까.
그렇게 두 번째 크리스마스는 별 탈 없이 지나갔고 무슨 밥을 먹었는지, 차를 마셨는지는 기억에 없다. 시간이 흐르고 슬슬 집에 갈 시각이 다가올 때 즈음, 그녀는 피곤한 몸으로 내 옆자리에 풀썩 몸을 기댔다. 이벤트의 시작이었다.

"왜 이러지? 시동이 안 걸려."
"오빠 차가 바꿀 때가 되긴 했지."

그녀는 삼시 사철 언제나 눈치 없었다.

"나가서 좀 밀어줄래?"
"뭐? 싫어."

평소의 그녀라면 아무 생각 없이 해주었을 것이다. 그런데, 그
날만큼은 참 달리 행동을 했다. 그녀는 매우 실망스러운 표정
으로 정말 옴짝달싹하지를 않았다.

"좀 나가주라, 오빠는 운전을 해야 하잖아."

장시간의 설득 끝에 겨우 밖으로 보낼 수 있었다. 그녀는 거의
울 것 같은 표정을 하며 나를 째려보더니, 그대로 문을 '쾅' 닫
고 나가는 게 아닌가. 속으로 두 번만 이벤트 했다간 꼼짝없이
차이겠구나 하는 심정으로 트렁크 문을 열었다. 그때,

'덜컹.'

그녀는 정지 화면이 되었다. 백미러로 그녀의 모습이 겨울 서리만큼 희미하게 보이는데, 그 순간은 마치— 주위의 시간을 멈추게 했다는 말이 무슨 말인지 실감할 수 있을 것 같은 순간이었다. 그녀의 입김을 보지 못했다면 얼어 버렸다고 생각했을 것이다. 작은 감탄사가 겨울바람을 타고 전해졌다.

참 오랜 시간처럼 느껴졌다. 1분 정도의 시간이. 조금 뒤 그녀는 말없이 맘에 드는 풍선 몇 개와 두 인형을 양팔에 껴안고 내 옆에 소리 없이 내려앉았다. 한 손은 이미 많이 본 익숙한 동작으로 그 인형들을 쓰다듬고 있었음은 물론이고.

"좋니?"

그녀는 말이 없었다.

명동에서 고속터미널까지. 우리 사이엔 아무 말이 없었다. 아니 사실 어떤 말도 필요 없었을 것이다. 표정이 가는 내내 말하고 있었으니까. 인형을 꼭 품에 안고 있던 그녀가 그 후 한 말이라곤 차에서 내려 표를 끊으며 던진 한마디였을 뿐이다.

"갈게."

나의 기억 속에 그날은
아주 오랫동안 정지 화면의 하나로 남아 있다.

아주 오랜 시간
정지 화면으로 남아 있다.

2부

쏟아지는 밤

7년 만의 대화

지금으로부터 7년 전, 내가 사랑하던 사람은 학교 일과를 마치고 집에서 가끔 소소하게 영화를 보는 게 취미였다. 컴퓨터를 잘 못 다루던 그녀를 위해 나는 가끔 그녀가 보고 싶어 하는 영화를 다운로드해 그녀에게 보내주곤 했다.

그녀는 다운로드 받은 영화를 보다 잠이 들기 일쑤였으며, 통화를 못한 나는 한껏 삐쳐서, 다음날 출근한 그녀에게 어제는 잘 기절하셨냐며 메시지를 보내는 게 우리의 흔한 일과 중 하나였다.

"오빠, 오빠."

어느 날 그녀가 급히 나를 찾았다. 오후 4시 50분이면 어김없이 전화를 하던 그녀가 그날은 저녁 내내 연락이 없더니 뜬금없이 던진 첫마디는 '조쉬 하트넷'에 반했다는 것이었다.

"너무 멋있어. 지금도 두근거려. 아, 정말 좋은 영화야. 오빠도

한 번 꼭 봐봐."

퇴근한 뒤 연락도 없이, 우리가 떨어진 거리보다 몇십 갑절 떨어진 타국 남자에 반해 눈에 하트가 되어 있는 그녀가 맘에 들지 않았던지 난 그 영화를 그 후로도 굳이 찾아보지 않았고 가끔 그녀가 봤냐고 물어봐도 시큰둥해 하며 어물쩍 넘어가곤 했다. 그때부터 지금까지. 〈노트북〉 같은 서양 로맨스 영화가 내 취향이 아니기도 했고.

새벽에 깨어 콜드플레이의 〈The Scientist〉를 듣자니 그때가 어렴풋이 생각난다. 7년 전 이 영화에 삽입되었다는 이유로 한동안 그녀의 미니홈피 BGM은 콜드플레이였다. 웃기는 얘기지만 나도 헤어지고 한참 동안 내 미니홈피의 BGM으로 콜드플레이를 걸어 놨다. 영화는 보지 못했지만 노래만으로 그녀를 생각할 수 있었기 때문이다.

문득 보고 싶어졌다. 영상으론 어떻게 생겼을까. 혹시 이 노래를 가지고 만든 뮤직비디오가 있을까? 그렇게 유튜브를 찾아보다 10년 전 조쉬 하트넷이 나오는 영화에 관한 영상을 발견했다. 아마 그 영화인 듯싶었다. 그런데,

이상하게 다 알 것만 같았다. 그녀가 말해주려던 감정을. 영상은 5분, 대사 한 줄 없고 하이라이트본 필름은 음악에 맞춰 120분 러닝타임을 5분으로 축약해 빠르게 진행시키는데 왠지 영화의 모든 내용을 다 알 것만 같았다. 참 이상한 기분이었다.

"나도 조쉬 하트넷 같은 남자 만날 거야. 오빠가 그런 사람이 되어주라."

철없지만 사랑스럽던 그녀의 7년 전 말들이 갑자기 생생하게 내게 말을 걸어왔다. 그리고 영상이 시작되어 끝날 때까지 5분간 우리는 7년 만에 대화를 나누었다.

잘 지내고 있지.

나 이제야 네가 말한 영화 봤어.

안 봐도 다 알 것 같아.

5분만 봐도 알겠더라.

네가 무슨 말을 해주길 바랐고

우리가 어떻게 지내길 바라왔는지.

조쉬 하트넷 완전 멋있더라.

미안해.

강릉

강릉 KBS와 전화 인터뷰를 했다. 강릉에 대해 물어보기에 별 생각 없이 뻔한 얘길 늘어놓다가 인터뷰가 끝나갈 때쯤 불현듯 생각이 나 물어보았다. 왜 갑자기 생각났을까.

"혹시 봄날의 간다의 은수가 있던 곳인가요?"

아나운서가 반가워한다. 전화기 너머 아나운서는 은수가 앉아 있던 바로 그 자리에서 인터뷰를 하고 있다고 했다.

아침부터 기분이 밤 같다.

택시를 타고
강릉의 해안선을 따라
허름한 아파트에 도착하면
나의 은수가 있을까?

아픈 사랑은

시간이 지나

잊혀진 듯하다

가끔 이렇게 알 수 없이 밀려와

눈물을 주고 간다.

마치 365일이 어제처럼

"잘 지내지?"

일 년 만에 그에게 전화가 왔다. 나는 아무 거부감 없이 그의
전화를 받았다.

"몇 시쯤 볼까?"

쉬는 날, 만나는 것은 우리끼리의 암묵적 약속이었다. 가끔 휴
일 날 자신을 보는 걸 당연시하는 그의 태도가 숨 막힐 때도 있
었지만 그와 정확히 비례하는 그의 열정이 좋았다.

"여의도, 3시?"

이상한 일이었다. 소름 돋도록 도망치고 싶어 모든 연락수단을
끊고 잠적한 게 마치 어제 일 같은데 … 나의 일 년이 무색하
게, 나는 그의 전화에 대응하고 있었다.

"그래 늦지 마."

마치 몇 년 살다 이혼한 부부처럼, 소스라치게 도망치고 싶던
일 년이 어제처럼, 나는 그의 전화를 받고 화장을 하고 있다. 이
상한 일이다. 그동안 바뀌어 있을 취향도, 옷차림도, 가방도, 향
수도. 그가 보면 어떻게 생각할지 궁금하다.
조금 긴 어제를 정리하고 화장을 고쳐 나가는 기분이, 마치 일
년이란 시간을 24시간이란 양의 텀블러 안에 담아내고 있는
기분이다.

그를 보면 아무렇지 않게 웃을 수 있을 것 같다. 365일의 하루
처럼, 우리 사이에 아무 일 없던 것처럼 우린 늘 하던 하루 일
과를 보내고 늦지 않은 시각에 집에 들어올 것이다. 괴롭고 힘
들었지만 생각해보면 그만큼 나의 하루를 행복하게 들어차게
했던 사람도 없었던 듯하다.

그리고 아무 일 없던 것처럼,

우리는 일 년을 연락하지 않을 것이다.

마치 365일이 어제처럼.

여자의 마침표

여자가 찍는 마침표엔 의미가 있다.
평소에 귀찮아서 찍지 않는 마침표에
한 점 찍는 것엔 분명한 의미가 있다.

그녀가 돌아오는 상상

그녀가 돌아오는 상상을 누구나 한 번쯤 해보았을 것이다.

한 번 만났던 사람은 익숙하다. 그의 성격도, 취향도, 어느 지점에서 화를 잘 내는지도 잘 알고 있다.

때로는 이혼하고 돌아오는 상상을 한 적이 있다. 그녀라면 그 사람이라면 그렇게 돌아와도 받아줄 수 있을 것 같은, 그런 위험한 상상을 나는, 너는 한 적이 있다.

오랜만에 돌아왔다면 우선 차를 끓여줄 것이다. 그가 좋아하는 차를. 그리고 김이 모락모락 나는 사이 그동안 잘 지냈냐는 안부를 물을 것이며, 익숙한 그의 친구들 얘기로 어색한 시간을 채워나갈 것이다.

사람은 변하지 않는다. 취향, 머리, 차, 친구, 그가 키우던 강아지, 좋아하는 향수. 처음엔 오랜 시간 탓에 기억이 가물가물했

겠지만 그가 웃으며 확인시켜주는 단어들로부터 나도 모르게 입가에 웃음이 배시시 나는 자신을 발견한다면,

거기까지 하자.

상상은 거기까지 하라. 그 다음 상상은 차를 위해 끓여두었던 커피포트의 김 소리가 너에게 세상 가장 참기 힘든 주파수가 되어 너의 고막을 산산이 터뜨리는 장면이 좋다. 그래서 귀에 피가 흥건히 고여 커피포트의 물을 쏟는 바람에 너의 발이 타 들어 갈 때 즈음 비로소 깨닫는 게 좋다.

이것이 상상이라는 것을. 이것이 상상이라 다행이라는 것을. 한 번 떨어져 나간 인연은 다시 붙일 수 없어 다행이라는 것을. 깨어진 유리는 절대 다시 붙일 수도, 붙여서도 안 된다는 것을.

차를 따른 후부터 전개되는 너의 이야기는 상상 속에서도 익숙

할 것이다. 그려보자. 그렇게 행복하기 위해 시작한 상상은 필시 당신이 끝내던 그날보다 더 추악하고 지옥 같은 전개로 끝맺음 될 것이다. 우리의 상상력은 크게 다르지 않다. 나나, 너나 우리 모두 똑같다.

그러니까 딱 거기까지만 하자.
행복하고 싶다면 거기까지만 하자.

행복하고 싶다면
차를 끓이는 상상까지만 하자.

술은 구실이었을 거야

사실 술은
헤어지기 위해 기다리고 있던
구실이었을 거야.

술 마시는 네가 싫은 게 아니라
그냥 네가 싫은 거겠지.

어쩌면 나도 모르게 '잘 걸렸다'
싶을 때가 있었을 거야.

지금 정리하지 못하면
오랫동안 주저하며 마음앓이 할 테니.

기회를 놓치지 않고
단칼에 정리했던 경험 다들 있을 거야.
술은 구실이었을 거야.

여자는 기억의 메커니즘이 다르다. 남자는 아무리 기억력이 좋은 남자도 그냥 기억 — 이를테면 단어, 숫자, 이름 — 이런 것들에 정확하다면 여자는 아무리 기억력이 나빠도 자신의 감정선을 건드리는 것은 정확하게 기억하고 절대 잊지 않는 듯하다.

단어보단 문장, 숫자보단 의미, 이름보단 성격과 특징을 또렷이 잘 기억하는 것이 여자와 남자의 다른 점이다. 요지는, 여자에겐 잘해야 한다는 것이다. 상처 주면 안 된다는 뜻이다.

잊었다는 건 거짓말이다.

인물화

가끔,
이 사람을 내가 만났나 싶은 감정을 넘어
상자 속 그의 사진을 보며

이 사람이 실재하는 인물인지
지구 어딘가에 살아는 있는지
상상 속 인물은 아닌지
움직이긴 하는지
말은 하는지
목소리를 들으면 낯설지 않을지
그냥 그림은 아닌지

하도 사진에 익숙해져
내가 만났다고 믿어 버리게 된 건 아닐지
싶은 날이 있다.

그런 날이 있다.

이별의 뇌관

헤어짐을 당하는 쪽이 남자라면, 남자는 헤어짐을 당하기 1초 전까지 헤어짐의 순간을 전혀 직감하지 못한다. "헤어져"란 말이 입 밖에 나와야 비로소 상황을 인지하기 시작한다. 붙잡으면서도 '내가 왜 이러고 있지?' 모르는 경우가 허다하다. 그래서 여자의 눈에는, 붙잡는 남자의 말이 그렇게 공허하게 들릴 수가 없다. 왜 헤어짐을 당하는지 모르고 그저 '내가 잘할게'라는 말만 기계처럼 반복하는 그는 아이 같을 뿐이다.

헤어짐을 당하는 쪽이 여자라면 상황은 전혀 달라진다. 여자는 본능적으로 이별을 직감한다. 그런 시기엔 "헤어져"라는 말을 상대로부터 듣지 않기 위해 되도록 자극적인 행동을 조심하거나 노력할 것이다. 행여 이별이 통보되더라도, "헤어져"란 그 말만은 되도록 듣고 싶어 하지 않는다. 그 말없이 헤어짐을 경험하고 싶은 것이다. 이미 헤어졌는데, 그것을 나 스스로 납득하도록 하는 시간을 필요로 한다. 그래서 이미 헤어진 것과 별반 다를 바 없는 '헤어짐도 만남도 아닌 사실상 이별 상태'를 되도

록 오래 유지하고 싶어 한다. 그리고 꼭,

헤어질 징후 없이도 오늘따라 왠지 유독 얼굴이 예전만 못하고, 안 예쁘고, 별로이고— 그래서 머리나 옷에 변화를 주어 봐도 그대로라서 불만인, 그런 날에 꼭 이별이 발생한다. 마치 이 모든 수순이 예정되어 있던 일처럼 말이다. 그런데 신기한 것은,

'헤어져'라는 말을 눈앞에서 들어야 상황의 심각성을 인지할 만큼 천하태평 둔하고 일차적인 남자들도 그날만큼은 신기하게 여자들이 느끼는 사실을 인지한다는 것이다.

이를테면 '헤어져'라는 말을 듣고 있는 그녀의 모습이 왠지 내가 좋아했던 예전 그녀의 모습과 다른 것 같은, 그런 느낌 말이다. 하지만 둔하고 눈치 없는 남자도 차마 그 느낌만큼은 입 밖에 내지 못한다. 그리고 짠한 마음도 잠시,

그 장면은 아주 중요한 이별의 뇌관이 된다.

일 년 전 그 밤엔
꽃비가 내렸네

흐드러지게 핀
목련 달빛 향기 아래
우리 매일 밤 통화하던
그 자리가 있었지.

그땐 몰랐지.
어두운 밤이었으니.

낮에도 하늘을 좀처럼
바라보지 않는 나
굳이 고개를 치켜들어
우리 집 앞뜰에 핀 꽃 무언지 확인해.

그 꽃 벚꽃이 아니라 좋네.
하얀 얘기로 온밤 지새우고도
들어가기 싫어 빙빙 돌던

그때 그 자리
하얀 목련 아래라니 더 좋네.

꽃비가 내렸으면

모든 아픔과 슬픔
거짓말처럼 사르륵 지워줄 때까지
좋은 기억만 내리는
꽃비가 왔으면 좋겠네.

싸우고 다퉈도
그 자리에만 오면
들어가기 싫어 계속 맴돌던
그 자리에
하얀 꽃비가 왔으면 좋겠네.

네가 찾아올 때까지
천년이고 만년이고
우리 기억의 그늘 아래
꽃비가 펑펑 내리면 좋겠네.

풋풋하고 조심스럽던
첫 우리가 생각날 때까지
소리 없이 사르륵

밤새 내리면 좋겠네.

일 년 전 그 밤엔
꽃비가 하염없이 내렸네.

사람의 감정은 얄팍하고 교묘해서, 그 사람의 실제 민낯이 드러나더라도 그 시절 그에게 속은 나의 순진한 모습은 그냥 남겨두고 싶은, 그런 간사한 마음이 있다. 하지만 그게 어디 쉽나. 감정과 현상은 함께 존재하는데 둘 중 하나만 분리해 추출하기가 어디 쉽나.

나는 어제 영특한 친구로부터 누군가가 오랫동안 감춰온, 어떤 정확한 외면적 진실(complex)에 관한 설명을 들었고(indicate), 그 말을 듣는 순간 모든 현상을 이해했으며, 그의 모든 이해할 수 없는 행동들을 이해했고, 아주 잠시 가여워졌으며, 그와 비교할 수 없는 속도로 빠르게 관심의 문이 닫히는 소리를 들었다. 그것은 내게 설명하지 않고 그렇게 갑자기 불친절하게, '쿵' 소리를 들려 주었다.

사실 가장 슬픈 건, 이 글이 그나마 단편적으로 가끔 적던 그 감정에 관한 마지막 편린이며, 사실 빠른 속도로 무미건조하게 키보드를 두드리는 지금 이 순간조차, 내겐 세상에서 가장 쓸 모없는(useless) 시간이라 생각된다는 점이다.

아, 이제 나는 더 이상 그 감정에 관해 적을 이유가 없게 되었다.

이 글은 오랜 시간 고생해왔던 내 감정의 투쟁에 헌사하는 마지막 수고로움이며, 또한 나는 이 글을 빨리 마무리하고 싶다.

이제 내 인생의 가장 충격적이었던 이벤트는 모든 단어와 기억들이 뒤엉켜 잊혀지거나 잘못 조합될 것이다. 그것은 잘못 기억되어도 전혀 중요하지 않다. 당연한 얘기지만, 관심이 소멸되면 기억은 방치되어 책임지어질 의무조차 갖지 못한다. 마음대로 기억되어도 좋은 이야기가 있다.

이것은 조금 슬픈 이야기이다. 가끔은 주관적 감정보다 객관적인 현상 그 자체가 슬플 때가 있다.

Adios.

나는 이제 많은 노래를 진심으로 부를 수 없게 되었다.

다 거짓말이었다

"괜찮아?"
"이해도 잘 안 되고
지금 그냥 머리가 좀 아파
좀 자면 나을 것 같아.
먼저 잘게요."

"잘 잤어요?"
"네!"

"어제 일은 기분 풀렸어?"
"아, 잠을 자고 나니 아무 생각이 안 나."

"그래, 다행이다."

겪어보니,
잠을 자고 나면

아무것도 생각 안 난다는 건
다 거짓말이었다.

녹차 아이스크림

오랜만에 옛 생각이 나서 녹차 아이스크림을 집어 들었다. 한 때 어딜 가도 아이스크림집이 유행이던 시절이 있었는데. 지금은 큰 번화가가 아니면 찾기 힘들다. 그 시절 녹차 아이스크림은 단연 인기였는데 말이지.

'이런 맛이었나?'

오랜만에 집어 든 녹차 아이스크림이 쓰고 진하다. 입맛이 변했을까. 나이가 든 걸까. 더 어렸을 때는 이런 맛이 좋았던 걸까. 아니면 혹 녹차 아이스크림 맛이 변한 걸까. 무언가 촌스러운 느낌을 지울 수 없다.

휴대폰 정리를 하며 오래된 사진 속 촌스러운 우리 모습을 본다. 참 이상하네. 그때 사진을 보면 내 눈이 다 휘둥그레져. 옷은 저게 뭐며, 저 친구의 촌스러운 머리는 뭘까 싶을 때면 마음이 이상해.

유행이 지나버린 녹차 아이스크림의 뒷맛처럼
지나간 사랑이 낯설고, 쓰다.

그게 사랑이었나
싶을 때가 있다

가끔
그게 사랑이었나 싶을 때가 있다.

오랜 시간이 지나도
사랑이었다고 확신이 드는 사람이 있고

오랜 시간이 지나면
아무것도 남지 않는 사람이 있다.

가끔
그게 사랑이었나 싶을 때가 있다.

봄비 Ⅱ

아무 생각 없이 밖을 나섰더니 봄비네요.
난 아직 준비조차 안 됐는데

퇴근 시간만 기다리다
무표정한 얼굴로 밖을 나섰는데 봄비네요.
난 아직 아무런 준비 안 됐는데

후드득 떨어지는 물기 맞으며
머리도 털기 싫은 채 편의점 우산을 사요.
난 아직 아무런 준비조차 싫은데

추적추적 걷는 거리
그 사람은 지금쯤 밖을 나섰을까요.
말해주고 싶은 봄비예요.
난 아직 아무런 준비 못했는데

그대도 어딘가에서
무심결에 봄비 맞으며 생각하나요.
난 정말 아무런 준비 못했어요.

지난겨울 추억 가득한데
벌써 봄비예요.

난 아직
아직
아무런 준비 못했는데

당신 마음이겠죠

맛있는 음식 사진에
매일매일 여행지 사진을 퍼온다고
잘 지내네, 생각하면
큰 오해이십니다.

옷을 사고
친구들과 술을 마시고
생전 가지도 않던 클럽을 다녀왔다고
잘 지내네, 생각했다면
큰 오해이십니다.

공연을 다니고
사진을 열심히 찍고
글을 많이 쓴다고
잘 지내네, 생각한다면
큰 오해이십니다.

그렇게 믿고 싶은 거겠죠.
그렇게 믿고 싶은 당신이겠죠.

그럭저럭
잘 지낸다, 믿고 싶은

내 마음 아닌
당신 맘이겠죠.

목소리

세상 하나밖에 없는
너의 목소리
너를 너로 만들어주는
유일한 너만의 목소리

그 목소리를
어디선가 들으면
나는 언제든
오랫동안 단단히 쌓아온
나의 모래성을 무너뜨렸다.

봄은 아프다

봄이 오면 늘 슬펐다.

어린 시절엔 흐드러지게 핀 개나리꽃으로 뒤덮인 동산을 뒤로
하고 수업을 들어가야 하는 청춘이 슬펐고, 세월이 흐른 후엔
떠나간 사랑이 생각나 슬펐다. 그리고 지금은,

시간이 어느새 이만큼 흘러
또 한 번의 봄이 왔다는 소식에 마음이 아리다.

다시 봄이 찾아와도 우리는
같은 실수를 반복할 것이다.

추억할 것은 깊고
생각나는 일은 무성하다.
봄은 우리를 일깨운다.

봄은 아프다.

봄은 아프다.

전자레인지

참 이상하지.
편의점 전자레인지를 돌릴 때면
꼭 생각나는 사람이 있어.

참 이상한 기억이 오래도 가지.

덤앤더머의 사랑

당신과 내가 왜 그렇게
하나부터 열까지 안 맞았는지 알아?

당신은 나를 받아들이기 전에
이미 나를 어떤 사람일 거라 규정했으니까

나 역시 당신을 받아들이며
당신은 이런 사람이라 반가워했으니까

그래서 우리는
보통 사람들보다
확 빠져들었고
짧은 기간 깊은 사랑을 했지

하지만 우리가 사랑한 건
어쩌면 너와 내가 아닌,

그저 환상이었을지도 몰라

나는 당신이 생각했던 대로
새침하고 깔끔한 사람도 아니고

당신도 내가 생각했던 대로
반듯하거나 지혜롭지 않았지

하지만 우리는
나와 너를 온전한
나와 너로 봐주지 않았어

나는 나고
너는 넌데
나는 마치 '그런 나'인양
너는 마치 '그런 너'인양

이미 상상해온 그림 속에서
그렇게 '백퍼센트' 완성된 그림 속에서

나와 너는 그 꽉 찬 그림을
지워가는 일밖에 달리 할 게 없었지

만나는 동안 실망하고
고쳐보려 노력하고
미친듯이 싸워도 봤지만

너는 너고
나는 나였어

우리는 사랑을 한 게 아니라
어쩌면 환상과 부단히 싸운 건지도 모른다

육신은 허무한 것,

우리는 몸과 마음을 빌려
그토록 원했던 사람을 만나기 위해
그토록 필사적으로 세상 마지막인 것처럼

나를 너를
나와 너로
너와 나로
보지 않으려 했나 보다

그랬나 보다

덤앤더머 같은 사랑
똑같은 멍청이.

연애주의보

좀 더 자연스럽기

어느새 옆에 있기

나도 모르게 스며들기

자극하지 말기

억지 부리지 말기

조금만 건조해지기

친구 같기

정직하기

거짓말하지 말기

낭랑하기

따뜻하기

생각이 정리 안 될 때

가끔 핸드폰 메모장에 글을 적으며

생각을 먼저 연습하는 버릇이 있어.

기록의 습관은

생활 어디든 존재하나봐.

누구였을까.

기억이 흐릿해.

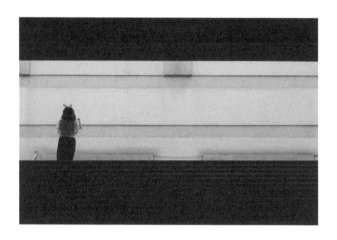

보통 여자에게 가장 행복한 시절은 100일에서 6개월 사이인 듯하다. 6개월을 정점으로 더 이상의 절정은 없고 얼마나 유지하느냐가 관건인데 진정 사랑하는 사람이라면 대개 일 년은 감정의 흔들림 없이 조용하다. 그러나 일 년이 지나도 관계에 발전이 없으면 여자는 본능적으로 불안감을 느끼는데, 그것이 표출되는 시점은 일 년째가 아니라 그로부터 몇 개월이 더 지나서일 것이다. 사랑하는 사람에게 자신의 감정 변화를 보여주고 싶지 않기 때문이다.

반면에 남자는 대개 일 년이 조금 지난 시점부터 사랑의 완숙과 함께 확신이 들기 시작하는데, 바로 이 교차되는 시점이 남녀 비극의 시발점이다.

닮은 사람

안녕
내리는 빗물이 참
창밖 같은 하루다.

네 생각을 안 하려 해도
그 음악만 어디서 들려오면
따라 부르고 있는 나를 본다.

이상해
왜 세상엔 닮은 사람이 존재할까.

유독 그 노랠 부른 가수와
꼭 닮은 너

그 가수의 플레이리스트를 한참 걸어놓고
그 가수의 앨범재킷을 물끄러미 쳐다보다 보면

가끔은 미친 척
전화를 해볼까 생각도 해봤어.

왜 그렇게 생겼니?
하고 말이야

비가 그치질 않네.
하루 종일 듣고 있는 내 맘은 뭘까.

바람의 말

바람 하나에도 많은 이야기가 들려.

유행가 한 줄에도
말로 풀어낼 수 없는
수천 길의 추억이
수만 마디의 하지 못한 말이

감정의 끝은 순결한 눈물
절대 회한에 흘리는 눈물이 아니지.

그 바람이 다시 불어온다.

99퍼센트와 1퍼센트

99퍼센트의 진실과
1퍼센트의 거짓.

올봄이 가기 전
들려질
마지막 곡을 완성했다.

오랜만에 아주 맘에 들어

1퍼센트가

이별 버스

헤어진 이를 우연히 버스나 지하철에서 만나는 기분은 어떤 것일까. 요즘 들어 유독 그런 일을 겪는 사람들이 주위에 생기다 보니 문득 궁금해졌다.

상상해 보았다. 아침 출근길 버스 안에서 마주쳤을 때가 가장 슬플 것 같다. 사람 북적이는 아침 버스에서 승객들로 가득 찬 상태라 힘겹게 제치고 다가가기도 뭐한 거리라면 더욱 좋을 것이다. 당신이라면 어떨까. 먼저 이름을 부를 수 있을까. 만약 그랬다면 그 사람은 어떤 표정을 지었을까. 놀랐을까. 모른 척했을까. 대답은 했을까.

우리는 완벽히 몇 미터를 앞에 두고 서 있는데도 이름을 부르기도 쳐다보기도 뭐한 사이가 되어 있는 것이다. 그보다 어색한 사이가 어디 있나. 하지만 내리면 지각이기 때문에 그렇게 세상에서 가장 어색한 사이로 몇 미터를 앞에 두고 몇천 미터를 같이 가는 사이라고 상상해보자. 그것보다 최악인 버스도 없을 것이다.

인사도 없이 그녀를 먼저 내리게 하면 무슨 생각을 하게 될까. 좋아서 사귀고 남들보다 예뻐 보여 함께 했을 텐데. 이제는 모르는 남보다 못한 인연이 되어 살아가야 한다. 오늘 아침 뭘 먹고 나왔는지, 누가 요즘 널 괴롭히는지 물어 보지도 들어 주지도 못하는 사이다.

그런 사이나 되려고 사랑한 것이 아닐 텐데, 이제 정말 눈앞에서 부닥쳐도 모르는 사이다. 그런 사이인 체로, 이 도시를 서로 무심하게 오고 갔을 것이다. 언젠가 같은 식당, 같은 영화관을 수십 번 다른 시각에 이용했을 것이다.

무심하게 바라보는 버스 빈자리 위로 외로운 아침볕이 떨어진다. 사람들이 제법 내렸다. 치익— 열리는 버스 출입문 소리에 아침부터 하게 된 쓸데없는 상상을 환기시킨다.

아랫입술

아랫입술이
일주일 째 부르터 있어.
이런 적 없었는데

틈틈이 입술에
영양을 주는데도
잠을 충분히 자는데도

웬일로
아랫입술이 계속 갈라져 있어
꼭 너처럼 말이야.

우리 100일 되던 날
마침 입술이 부르튼 채 올라와
날 웃겨주던 날처럼

별 일 없는데도
한 번씩 꼭 그렇게
입술 터진 채로 나타나

웃을 일 없는 나를 웃게 하고
가져온 김에 같이
립밤 나눠 쓰던 날처럼
입술이 부르터 있어.

헤어지고 처음 만난 날
입술이 터지다 못해 시퍼런 너를 보고
내 가슴 퍼런 멍 스며들어

오랫동안
가슴 아프던 날처럼
입술이 갈라져 있어.

웃어도

아랫입술이 아픈 게

거울 볼 때마다

자꾸 내 모습 신경 쓰이는 게

네 생각을 하나봐.

꿈의 멜로디

꿈에서 들려오는 멜로디는 누가 쓴 걸까.

하고 싶은 말이 있는 걸까.
전하고자 하는 말 빌려 들은 것뿐일까.

내 머릿속에서 조합된 걸까.
어디서 우연히 들은 멜로디일까.

아니면
네가 부르는 마지막 노래일까.

요즘 어떻게 지내냐고?

말이 짧아졌고
TV를 보는 시간이 많아졌어

웃을 일이 부족해
개와 고양이의 사진을 보러
인스타그램을 돌아다니고

맛있는 맛집은 알아두었다
나 혼자 다녀

하나에 꽂히면
밤새우는 버릇은 여전해서

노래를 들으면

한 곡만 듣고

영화를 봐도
하나만 밤새 봐

가끔 친구들을 불러
옛날 얘기를 하고

업무 이외의 시간엔
교복처럼 옷을 입고 다녀

그래도 가장 부족한 건
너와 함께할 시간

그걸 잃으니
세상 참 재미없다

사는 게
참 팍팍해

요즘 어떻게 지내?
요즘 어떻게 지내

그리워하자

추억이 되지 말자
아름다운 사진 한 장이 되지 말자

현실이 힘에 부쳐도
사진 한 장 반듯하니 남지 않아도

외려 사진 한 장 없어
내일 또 보고 싶은 이가 되자

추억되는 사진 말고
기억하기 힘든 우리가 되자

그래서
끊임없이, 끊임없이
그리워하자

먹먹해

꿈에선 항상 그럴 수 없는 이와 대화를 해.
내 마음 그리움 한켠을 꿈이 대신해주는 걸까.

먹먹해.

꿈은 결핍의 암시

실제 우리가 꾸는 꿈은 두 가지

하나는 잠을 자고 있을 때
다른 하나는 잠에서 깨어 있을 때 꾸곤 하지.

그런데 말이야.
넌 꿈이 뭐니, 꿈도
어제 무슨 꿈 꿨어, 꿈도
결국 내가 갖지 못한 결핍에서 비롯된다 생각해.

왜 두 번이나 나타나는데
이제 아무 사이 아닌데.

왜 두 번이나 나타나는데.

밤의 기운

제가 밤의 기운이 아득해져 잠시 쓸데없는 글을 적었습니다.
이제 지울 시간이네요.

3부

사랑, 어른이 되는 것

사랑, 어른이 되는 것

짧게 말하기
되묻지 말기
어린애처럼 사소한 말투에
서운해 말기

한 번 더 듣기
귀담아 주기
당신이 원한 그 말이 아니라
그대 말 듣기

아프지 말기
쉽게 오해도 말기
그대의 얘기 돌려 듣지 말고
그대로 듣기

기다려 주기

자꾸 무언가를 바라지 않기
사랑하게 되는 일이란
어른이 되는 것

화내지 말기
우릴 더 믿기
하고픈 말이 차오를 땐
그냥 뒤돌아 웃기

보채지 말기
가볍지도 말기
그대의 단단한 나무가 되어
그늘이 되기

아프지 말기
쉽게 오해도 말기

그대의 얘기 돌려 듣지 말고
그대로 듣기

기다려 주기
자꾸 무언가를 바라지 않기
사랑하게 되는 일이란
어른이 되는 것

내 노래 중 가장 사랑받는 곡이다.
노래가 사랑받는 이유는
아마 수많은 연인들이 이와 비슷한 이유로
싸우고 헤어지기 때문일 것이다.

사실 나는 가사와 반대되는 사람이었다.

평소에 할 말이 많았고

자주 왜라고 묻고
무뚝뚝한 표현에 자주 삐치고, 속상해했다.

성격이 급해 상대가 하는 말은 흘러듣고,
내 감정이 중요해 그 사람 생각을 이해 못하기 다반사였다.
상대의 마음보다 내가 원하는 말을
듣고 싶어 했던 순간이 더 많았을 것이다.

그렇다.
가사를 쓴 나부터 이렇다.
우리네 사랑은 이렇게 특별할 것이 없다.

모든 걸 다 가진 이도, 세상 가장 다정해 보이는 누군가의 남편
도, 행복해 보이기만 하는 연인도, 결핍은 있을 터이고 저마다
시시콜콜한 이유로 싸우고 토라질 것이다.

이 노래는

그런 과정을 겪으며 완성된 노래이다.

나는 어렸고,

참 몰랐다 사랑을.

아주 오랜 시간이 지나면

알게 될 것이다.

사랑은 뜨거움이 아니라

부딪히지 않음이라는 것을.

맞추려 기를 쓰며 노력하는 게 아니라

맞추는 게 좋은 사람을 찾아가는 여정이라는 것을.

나는 이 노래를 발표하며

앨범 소개 자료에

다음과 같은 문구를 적어 넣었다.

'이 음악을 듣고 눈물짓는 당신은 20대,
이 음악을 듣고 웃음 짓는 당신은 30대일 것입니다.'

인생은
조금씩 내려놓아야 할 것들을
알아가는 과정이다.

당신의 사랑이 부디 아프지 않길 바란다.

어른이 되는 것
내게 어려운 것
어른이 되는 것
어리지 않은 것

이렇게 많은 시간이 흘러
우리 앞에 완성이 되는 것.

노부부

머리가 하얗게 센 아저씨와
배가 불룩 나온 아주머니
손을 예쁘게 잡고 걷는 모습을
밤마실 길에 우연히 마주치면

그 보기 좋은 풍경에
이상할 만큼 기분이 따뜻해.
오늘 저녁 달무리처럼

좋다.

사실 내가 바라는 인생도
그와 별반 다를 게 없는데 말이지.

오늘 내가 했던 말을 통해
몇 년 전 그녀의 맘을 알게 된다.

그땐 목숨을 걸며 아니라 우겼지만
어느새 나는 한 뼘 더 어른

자연스럽게
그녀의 입장이 되어

그녀가 했던 말을
토씨 하나 안 틀리고 정확히
누군가에게 말하는 내 모습을 본다

씁쓸하다
그땐 내가 너무 어렸다는 것이

후회 없는 삶

호주의 어느 작가가 죽음을 앞둔 사람들을 인터뷰하며 그들이 말하는 가장 후회하는 것 다섯 가지를 엮어 책으로 냈다. 한 번쯤 SNS에서 봤을 수도 있을 텐데, 그 다섯 가지는 다음과 같다.

남들의 기대에 부응하기 위해 나 자신으로 살지 못했다.
직장 일에 너무 바빴다.
진심을 표현할 용기를 내지 못했다.
친구들과 연락하고 살지 못했다.
자신을 더 행복하게 만들지 못했다.

나는 이 글을 접할 때마다 늘 묘한 기분에 사로잡힌다. 다섯 가지 모두 후회 없이 충족하며 살았기 때문이다. 그래서 항상 지금 숨이 끊어져도 미련이 없다 생각했다. 친구들에게도 입버릇처럼 말하곤 했다.

"오늘 죽어도 과분할 만큼 행복했어."

그랬다. 유언이 없어 아쉬울 뿐, 사람들이 말하는 성공과 별개로 내 인생은 내일 갑자기 끝나도 아쉬울 것 없다 생각했다. 다만 맘에 걸리는 것이 있는데, 그 항목은 다음과 같다.

너무 남을 생각하지 못하며 산 건 아닌가.
너무 성실하게 살지 못한 게 아닌가.
가끔은 참을 줄도 알아야 했지 않았을까.
그래서 상처를 주지 않았으면 얼마나 좋았을까.
친구들에게 더 잘할 수는 없었을까.

다른 이의 행복은 왜 내 계산에 없었을까.

음악은

음악이 좋은 점이 뭐냐고 내게 누가 물었어.

음악은
그 안에서 마음껏 바람 필 수 있는 일이야.
물론 실제로 그래선 안 되겠지만.

질리면
언제든 다른 걸 할 수 있어.

누굴 사랑하기도 하고
차여도 보고
힘든 인생의 주인공이 되어보기도 하고
어느 날엔 뉴욕에 와 있을 수도
또 어느 날엔 마당 앞 꽃이 될 수 있어.

그렇게 언제든

새로운 옷을 입을 수 있어.

길이도 짧고
지루하지 않은
늘 새로운 삶을 사는 일이야.

삶의 뒷받침만 가능하다면
오래 하고 싶을 만큼
좋은 일이야.

뮤즈

대부분의 곡에는 뮤즈가 있다.

곡이 실화가 아니라 하더라도 대부분의 곡에는 뮤즈가 있다. 음악가는 뮤즈의 영향을 받아 곡을 쓴다. 그 사람이 실제 만났던 사람이던, 아무 상관 없는 사람이던, 심지어 길을 가다 스친 주황색 원피스가 예뻤던 사람이던, 음악가는 뮤즈의 영향을 받아 곡을 쓴다. 그가 잠시 마주한 주황색 원피스 때문에 예전 첫사랑의 기억이 찾아 들어왔을지 그 누가 알 수 있겠나.

보통 뮤즈는 두 가지로 구분된다. 현재진행형인 뮤즈와 현재진행형이 소멸된 뮤즈. 전자는 음악가의 일상생활에 영향을 주기 때문에 힘든 경우가 많다. 후자는 평소엔 잊고 있다가 특정 기억으로 인해 소환된다. 방금 언급한 주황색 원피스와 비슷한 사례라 할 수 있겠다. 나는 이 경계의 구분을 '유효기간'이라고 부른다.

뮤즈가 현재진행형에서 소멸하면, 그 뮤즈로 인해 썼던 곡들의 감정의 실체가 다시 한 번 드러나게 된다. 그러면 그때 분명해진다. 이것이 사랑인지, 아니면 어떤 다른 감정에 관한 집착이나 투쟁의 산물인지를 말이다.

때로는 그 사람 때문에 쓴 곡치고 너무 좋은 감정이 들어 있어서, 내 마음대로 그 시간을 왜곡하거나 곡을 지워 버리고 싶을 때가 있다. 음악가에게는 모두 그런 뮤즈가 하나쯤은 있다.

오늘, 유효기간의 끝에서 누군가가 소멸하는 흔적을 발견했다.

누군가의 마음에 유효기간이 끝나도
버려지지 않는 좋은 사람이 되라 말해주고 싶다.

산타클로스 없는
크리스마스

"산타클로스를 몇 년 정도 믿었니?"
"꽤 늦게까지 믿었지. 초등학교 5학년 때까지?"

"그럼 한 7년 믿은 거네?"
"무슨 소리야. 12년이지."

"태어날 때부터 산타를 알았나 보지?"
"그러네. 그럼 7년 정도 믿었겠다."

"딱 그 정도인 것 같아"
"뭐가?"

"인생에서 사랑이라고 속는 시간."
"그럼 그 이후 시간은 뭔데?"

"산타클로스 없는 크리스마스."

확률

이 넓은 서울에서 그 많고 많은 커피숍 중에서 몇 번 출구로 가
야 할지 고민하다 무심코 들어간 그 공간에서 예전 그 사람을
만났다면, 심지어 커피 계산대에서 만났다면,
꼭 커피숍이 아니더라도 어디서든 그런 확률의 사람이라면,

다시 만나세요.
보통은 그런 일이 일어나지 않으니까요.

보통 사람들은 우연히 발견한 그녀의 인스타그램에서 마침 같
은 날, 내가 들렀던 커피숍 근처에 있었던 그녀의 모습을 발견
하고 가슴을 쓸어내리는 게 보통 사람의 확률이니까요.

뜨겁게 살았어

"후회란 말을 모르고 살았어.
노래 가사처럼 후회 없이 꿈을 꿨다 말할 수 있게 살았어."

"갑자기 그런 말을 왜 해?"
"후회하기 싫어서."

요즘, 가슴에 뜨거운 몇 개를
보내줘야겠단 생각을 해.

헤어지면
오빠로도 못 보잖아

"사귀면 다시 볼 수 없잖아."

사귀고 헤어지기를 거듭하던 이십 대.
우리에게 어쩌면 가장 익숙한 말일지 모른다.

"뭐? 그게 무슨 말이야."
"난 그냥 … 오빠로도 좋다고요."

"거절하는 거야?"
"아니, 그게 아니라 … 음 … 난 그냥, 지금 오빠로도 좋다고요.
헤어지면, 음 … 헤어지면 오빠로도 볼 수 없잖아."
"우리가 왜 헤어져, 무슨 소리야. 안 헤어지면 되지. 왜 만나면
서 끝을 생각해?"

남자는 그 말을 이해하기 힘들었다. 시작의 순간에, 이별을 말
하는 너. 남자는 저의가 의심스러웠으며, 행복한 순간에 그런

고민에 빠져 있는 그녀의 머릿속을 도무지 이해할 수 없었다.
'싫다는 소리를 에둘러 표현하는 걸까. 아니, 차라리 뺑 차던가.'
남자는 그녀가 자신과는 많이 다른 사람이라고 생각했다.

세월이 많이 흐른 지금,
그는 그녀의 말을 너무 잘 알 것 같다.

남자는 그녀의 말이 가끔 생각났다.

멀쩡히 지내는 사람에게 감정이 들어온다. 감정을 처음 받은 이는 휘청일 것이다. 평소와 다른 게 들어왔기 때문이다. 감정은 움직이는 존재— 반드시 던지는 사람이 있고 받는 사람이 있기 마련이다.

감정을 획— 던졌는데 다시 받아 던졌다면 그것은 사랑의 시작이다. 어쩌면 사랑은 캐치볼 같다. 잘 던져줘야 하기 때문이다. 그렇게 몇 번의 캐치볼이 반복되는데도 재밌다면 그들은 어느새 연인이 되어 있을 것이다.

캐치볼은 공을 놓치면 누군가가 공을 가지러 뛰어가야 한다. 던졌는데 못 받았다고 공 줍기를 포기한다면, 그것은 상대의 마음을 포기하는 것과 같다. 이별은 이때 성립되며 캐치볼은 끝나게 된다.

한 편에서 너무 신나 있는 캐치볼도 문제다. 감정이 한껏 들어간 상태로 공을 던지면 공은 평소보다 더 멀리 날아간다. 공을 잡기 위해 더 빨리 몸을 움직여야 하고, 놓치면 한참을 걷거나, 뛰어야 한다.

있는 힘껏 멀리 던진 바람에 놓친 공을 상대가 다시 잡으러 갔다고 가정해 보자. 캐치볼은 그 지점에서 다시 시작하는 것이다. 거리는 그만큼 멀어졌고 우리는 위험해졌다. 상대는 내 마음에 공을 전달하기 위해 더 있는 힘을 다해야 할 것이다.

멀리 떨어진 사이는 정확성이 떨어진다. 너무 감정이 세면 공을 줍기도 받기도 힘든 시기가 빨리 올 수 있다는 뜻이다.

'왜 마음을 이것밖에 못 던졌어!'

상대가 그것밖에 못 던져 마음이 붙어 있는 거다.

최고의 힐링

생일날 정신과 의사와 식사를 했다.
한두 살 정도 아래인 녀석이었다.

그즈음 나는 힘든 일을 겪고 있었다.
이 친구와 얘기하면 힐링이 될 줄 알았는데
식사 내내 취조받는 기분이었다.
학업에 열정적이었던 그는
마치 나를 연구대상 삼듯 흥미로워했다.

그러다 동생이 말했다.

"형, 나도 2, 3년에 한 번씩 그러는 것 같아. 내가 왜 이러는지,
진짜 여자 때문에 막 미쳐 버리더라고. 형은 인생에 한 번뿐이
었기에 망정이지."

그 말을 듣는데 웃고 말았다.

"야 인마, 정신과 의사도 미쳐?"
"자주 미치지."

그 말이 최고의 힐링이었다.

휴일의 당신

대학교 때 첫 연애를 했다. 당연히 대학생을 만났다. 두 번째 연애도 대학생이었고, 군복무를 마치고도 대학생과 만났다. 이상하게 졸업을 하고서도 대학생과 연애를 했다. 30대가 되어서도 그럴 줄 몰랐는데 그랬다. 굳이 어린 사람을 만나려 애쓴 것도 아닌데 그렇게 되었다.

그러다 2년 전쯤 처음으로 직장인을 만났다. 상대는 무려 7년차 직장인이었다. 그리고 그 무렵 즈음, 처음으로 나도 직장이란 곳을 일 년 정도 경험할 기회가 있었다. 어느새 내 나이는 자연스럽게 대학생보다 직장인을 만나는 게 이상하지 않은 나이가 되어 있었다.

대학생을 만날 때만 해도 나의 결혼관은 맞벌이였다. 여자도 자기 일이 있어야 한다고 생각했고, 또 이왕이면 멋진 일을 했으면 좋겠다고 생각했다. 그런데 직장인을 만나보고, 직장을 경험한 뒤로 결혼관이 바뀌게 되었다.

나는 사랑하는 사람이 일을 원하지 않는다면 직장을 꼭 그만두게 하고 싶다. 멋진 직업을 가진 사람도 만나보고, 직업에 충실한 사람들과 대화도 많이 나누었지만 그것이 진정한 행복인지는 늘 의문부호였다. 목요일쯤 되면 어김없이 지쳐 보이는 표정을 보면 내 마음도 같이 축 처졌다. 표정은 만사였다. 좋아하는 일에 미쳐 있지 않은 이상 휴일의 당신이 제일 예뻤다. 그 모습을 보고 있노라면, 헤어져야 하는 일요일 저녁, 아쉬워하는 휴일의 당신의 마지막 모습을 볼 때면 어느새 그런 생각을 하고 있는 내 모습을 발견하곤 했다.

"일 그만 하면 안 돼?"

언젠가부터 그 말을 연습했다.

결혼은 현실이고 아직 세상 물정 몰라 하는 얘기들이라고 하지만, 내 삶에 조금 경제적인 여유가 생기기 시작할 무렵부터 든

생각은 '내가 당신 것까지 벌지 뭐' 그런 생각이었다.

일 년에 1, 2천 더 보태기 위해 하루하루 늙고 힘들어하는 사람의 얼굴을 보고 있으면 그 돈 없이 행복하게 사는 법을 말하며 살아가자고 늘 얘기하고 싶었다. 아이로 인해 늙는다면 아이도 필요 없다는 말을 해주고 싶었다.

내가 바라는 건 그리 크지 않았다. 당신이 평일 늦은 아침에 여유롭게 브런치를 먹으며 행복해하는 모습을 보는 게 유일한 나의 취미였다.

나이를 먹으며 나의 결혼관은 그렇게 변해갔다.

그냥 잠이 부족한 거야

보통 머리가 복잡할 땐
별거 아닌 일이 많아요.

그리 대단한 일도 아니면서
예민한 이들은 그때
한순간의 감정을 못 이기죠.

그래서 별거 아닌 일이
어떤 장면이 되고
어느 순간이 됩니다.

그땐 이미
돌이킬 수 없어요.

30분 후면 후회할 일
순간의 감정에 무너져

어쩔 수 없이 진행하지 말아요.

분위기에 약하고
여린 사람일수록
자기표현에 충실한 사람일수록
이런 순간들은 점점 잦아질 겁니다.

내 경우엔 잠을 잤어요.
할 말이 많고 번뇌에 사로잡힐 땐
개똥철학은 집어치우고 잠을 잤어요.
깊은 잠은 사람을 건강하게 합니다.

당신이 30분 후 후회할 일을
지금 감정에 휘둘려 쏟아냈다면,
당신이 잠들자마자 반드시 그 일은 꿈에 나올 거예요.
아마 꿈에서도 후회하고 있겠지요.

그러니 피곤하면 주무세요.

당신 스스로 괴롭히지 말고

당신은 그냥 잠이 부족한 겁니다.

건강하지 못해 그래요.

제발 복잡하게 생각하지 마요.

그냥 잠듭니다.

잠에 듭니다.

깊은 어둠만이

당신의 유일한 구원입니다.

사랑의 크기를 비교하지 말아요.
왜 그 사람은 나만큼 사랑하지 못할까
밤새 아파하지 말아요.

사랑받는 사람도
당신을 충분히 사랑합니다.
충분히 사랑을 느낀단 의미입니다.

차고 넘칠까봐
당신의 사랑이 넘쳐
멀리 흘러 날아갈까 두려워 말아요.

사랑은 80퍼센트도 120퍼센트도 아닌
100퍼센트가 제일 좋은 사랑입니다.

내가 몇을 사랑하는지 보지 말고

우리가 함께 100임에 감사해요.

먼 훗날 아픈 건
80이 아니라 20입니다.

괜찮아질 거야

평소에 잘 접하지 않는, 단 한 번의 기억이 있는 음식 사진을
접하면 언제나 자동적으로 그날이 떠오른다. 조만간, 이 기억
으로부터 평범해질 날을 소망한다. 괜찮아질 거야. 곧.

노트북

영화 노트북을 보았다.

실화를 모티브로 했다지만, 단언하건대 현실에선 일어날 수 없는 일이라 생각했다. 현실에서 레이첼의 길을 택할 사람은 천 명에 한두 명 정도일까.

그래서 이 영화는 어쩌면 999명의 공감을 완벽히 사고 있다고 생각했다. 일종의 대리만족이자 999명이 가지 못한 길의 꿈을 대신 꾸어주는. 어찌 보면 조금 비겁하고 영악한 영화이다. 현실은 그렇지 않은 사람들이 모여 살기 때문이다.

영화가 너무 예쁘면 스크린 밖 세상은 더욱 슬프다.

생각해보면 천만분의 일의 확률이었지.

우리는 하루하루 로또의 확률을 흘려보내고 있어.

당신 곁에 있는 사람이 어떤 확률인지 한 번 생각해봐.

쉬운 인연이란 없어.

당신 옆에 있는 사람은 긁지 않은 복권이 아니라

이미 복권이란 걸 너도 잘 알고 있잖아.

자주 잊을 뿐이지.

사랑은 언제나 직진했다

사랑이 끝났다고
생각한 적이 있다.

아, 이제 정말 내게 사랑이 올까?
생각한 적이 있다.

이 나이부터는
사랑이 아닐 거야,
생각한 적도 있다.

지금 나이에 무슨 사랑이야,
생각한 적도 있다.

사랑 말고 다른 걸 해보자,
생각한 적도 있다.

이제 그런 거 그만하자,
생각해본 적도 있다.

짙푸른 새벽
그런 생각들로 가득
한 걸음 한 걸음 내디딜 때마다
어느새 가까워져 오는 것

사랑,
그것은 언제나 움직이는 것

밀어내고
외면해도

한 발짝 한 발짝
내디딜 때마다

마치 살아 움직이는 생물처럼
어느새 내 발끝을 두드리는 것

사랑, 그것은
그 숨이 꺼지거나
소멸할 성질이 아닌

나이 좀 먹었다고
철들었다고
다른 재밌는 일이 생겼다고
사라질 것이 아닌

외려
한 걸음 한 걸음
내디딜 때마다
더욱 선명해지는 물질

사랑은 언제나 직진했다.

당신이 피했을 뿐이다.
당신이 돌아갔을 뿐이다.

되살아나겠지

우연히 고등학교 때 짝사랑하던 친구의 블로그를 알게 되었다. 학원에서 만났는데 마음은 잘 표현 못했지만 덕분에 학원 가는 길이 늘 설레던 기억이 난다.

그 당시 일기장을 보면 유치하기 짝이 없다. 전달하지 못한 연애편지 연습도 덕분에 많이 하게 됐다. 어쩌면 이렇게 내가 글을 쓰고 가사를 쓰는 직업을 가지게 하는 데 상당한 기여를 한 친구인지도 모른다.

블로그를 보며 생각을 했다. 참 평범하구나. 왜 그렇게 좋아했을까? 일기장을 보고 있노라면 그녀는 나의 뮤즈였으며, 의미 그 자체였다. 지금은 길에서 볼 수 있는 흔한 얼굴인 것 같은데. 그땐 왜 그렇게 죽고 못 살았을까? 어려서 그랬을까?

시간은 많이 흘렀고, 세월의 흔적 탓인지 그녀의 얼굴도 많이 변해 있었다. 내가 좋아하는 느낌이 아직 남아 있는 것 같기도

하고, 아닌 것 같기도 하고, 그토록 평범해 보이는 얼굴에 왜 그
리 반했을까 싶다가도

아마,
그 눈을 보면

그 친구의 눈을
눈앞에서 다시 마주하게 되면

선명하게 좋아했던 이유가
마치 어제처럼
십몇 년 전 그날처럼
눈앞에 생생히 되살아나겠지.

여자는 죽을 때까지 꽃

사실 남자는, 만나던 여자가 멋진 남자를 만났든, 좋은 데로 시집을 가든, 그것이 그리 크게 중요하지 않습니다.

나보다 멋진 남자를 만날 때 잠시 열이 올라오기도 하지만, 순간적인 감정일 뿐이며, 단순해서 다른 여자가 생기면 곧 잊습니다. 외려 '그 남자 좋은 사람이어서 고맙네.' 이런 생각을 하기도 합니다. 내가 못 해준 것마저 채워주니까요.

반면에 여자는 다릅니다. 여자는 꽃이고 싶습니다. 죽을 때까지 꽃이기를 소망합니다. 결국엔 꽃으로 나를 봐줄 사람을 원하며, 헤어질 때도 꽃으로 남길 바랍니다.

바꿔 말하자면, 헤어진 남자가 자신보다 예쁘고 능력 있는 여자를 만났을 때 여자가 느끼는 박탈감은 남자가 같은 상황에 처했을 때와 비교할 수 없이 다르다는 뜻입니다. 다음 여자는 반드시 나보다 못나야 마음 한켠이 편합니다. 자신이 차 놓고도 헤어진 남자친구의 새로운 여자친구를 은근히 자신과 견주어 보는 이유는 바로 그 때문입니다.

여자는 꽃입니다. 결국엔 자신을 꽃처럼 바라봐줄 남자를 사랑하게 되며, 자신 역시 그 옆에서 꽃처럼 평생 마주할 수 있을까를 끊임없이 고민한다는 말입니다. 절대로 아무 조건이나 좋다고 여자의 마음이 움직이지 않아요.

여자를 가장 두렵게 하는 건, 평생 자신을 꽃처럼 바라보던 남자가 어느 날 자신을 이름 모를 잡초보다 못한 가치로 여기게 되는 날입니다. 나는 오늘 어떤 계기로 인해 우연히 그런 사실들을 알게 되었습니다.

여자는 꽃입니다. 죽을 때까지 꽃이어야 합니다. 그 점을 모르고 쉽게 함부로 꽃을 따려 하는 당신. 잊지 마세요. 당신이 지금 말하는 상대는 꽃이라는 것을.

어느 사랑 지상주의자의
넋두리

모르겠더라. 나이가 들수록 사랑이 전부이더라. 이 나이 되면 적당히 계산할 줄도 알고, 아닌 건 구분할 줄 알고, 적당히 포기하며, 적당히 그렇게 타협하고 양보하며 누군가 그럭저럭 만나 사랑도 하며 결혼하고 살아갈 줄 알았건만 참 무섭도록 그렇지지 않더라. 나는 아직도 사랑 한가운데 서서 죽도록 싸우고 푸념하며, 누군가를 세차게 원망하고 미워하며 오늘을 살아내더라. 아직도 내 가치 중 맨 꼭대기에 위치해 있는 건 사랑이더라.

언제쯤 끝날까. 대체 언제쯤이면 이 푸닥거리를 마치고 모든 게 평온해질까.

일방의 사랑

헤어진 후, 사람들은 일방적인 사랑을 시작한다. 미련이 많아서, 잘해주지 못해서, 아파서, 되돌리고 싶어서, 저마다 이유는 다르지만 보통 상처가 아물 때까지 누군가 한쪽은 일방의 사랑을 시작한다.

그러다 몇 개월 만에 상대의 목소리를, 문자를 받게 되면 어찌할 줄을 모른다. 이상하게 모든 게 낯설기 때문이다. 얘기를 하게 된다면 그토록 전하고 싶었던 말 — 그동안 이렇게 그리웠어. 반성했어. 아팠어 — 같은 메시지는 온데간데없고 대체 무슨 말을 해야 할지 허둥대다 전화를 끊는다.

일방의 사랑을 했기 때문이다. 혼자 저만치 내달렸기 때문에 머릿속에 상상했던 사이와 지금 우리가 생각 이상으로 다를 수 있다. 그려왔던 감정과 멀어졌다 생각하면 일방의 사랑은 끝도 일방적으로 끊는다. 혼자 지켜왔던 소중한 감정을 잃고 싶지 않으니까.

"변한 게 없네. 변한 게 없어. 왜 연락한 건데?"

상대 역시 일방적이다.

내 속도 모르고 어지러이 던진 너의 마음, 흩어진 화살처럼 주워 담는 중이다.

진짜 이별은 그 지점에서 시작되는지도 모르겠다.

너의 것

헤어짐이 아름다울 수는 없겠지만 이별 후에 전혀 몰랐던 그 사람의 모습을 발견하게 되면 여러 가지로 번잡한 마음을 들게 한다.

지금이라도 알아서 다행이다 싶기도 하고, 왜 저렇게 아프게 굴지 싶다가도 때때로 무섭기도 했고, 어쨌든 참으로 많은 생각이 들었다. 분명 며칠 전까지 가장 평범하고 멀쩡한 사람이라 믿었는데 내 앞에서 저렇게 자기 자신을 망가뜨려야 속이 시원한가 싶은 그 사람의 모습에 속상하다가도, 좋은 기억만 갖고 싶은데 왜 저렇게 철없이 구나 싶기도 하고 어찌 보면 인간적이다 싶기도 하고.

헤어진 사람의 돌변한 모습을 처음 경험하던 날 밤이 잊혀지지 않는다.

진짜 모습은 그게 아닐 거라 생각했다. 그냥 지금 무언가 결핍되어 저러는 것일 거라 생각했다. 언젠가는 행복해지실 바랐던 것 같기도 하다. 망가지는 모습을 보는 내 마음도 편치 않지만, 그렇다고 상대 때문에 내 자신이 망가져 지지는 않더라. 아니 오히려 슬프게도, 더 엮이지 않아 다행이다, 이제라도 알아 다행이다, 라는 마음만 스멀스멀 피어오르는 것이, 그 감정은 그리 썩 유쾌한 감정이 아니었다. 왜? 그 사람은 바로 그 며칠 전까지 내게 좋은 사람이었기 때문이다.

헤어진 사람이 그렇게 망가지던 날 밤 한 가지 분명하게 알게 된 사실은 그 옛날 우리의 추억을 너의 기억의 회로에서 삭제하기 위해 온 동네를 뒤집고 난리를 피우던 내 머나먼 부끄럽던 과거에도 아무리 흔들어대도 그 사람의 좋은 기억까지는 내가 앗을 수 없었겠구나, 하는 점이었다.

그 기억은 내 것이기도 했지만 그 사람의 것이기도 했다.

단어의 온도

세상엔 미묘한 단어의 온도 차이가 있다.

관심과 호기심이 그 대표적인 언어들.

우리는 그 둘을 잘, 아주 잘 구분해 써야 해.
그것이 관심인지, 호기심인지
우리는 잘 인지하고 있어야 해.

너의 그것, '관심' 맞아?

두 번째 만남이 중요하다. 첫날의 설렘과 다르기 때문이다.

소개팅을 하고 한눈에 흠뻑 반하거나 맘에 드는 사람일수록 두 번째 만남이 중요하다. 조명에 따라, 그날 분위기에 따라, 이래 저래 설렘으로 충만했던 첫날과는 느낌이 무척 다를 수 있기 때문이다. 잘되고 싶은 사람일수록 두 번째 만남을 걱정하고 전전긍긍하게 된다. 둘째 날 봐도 좋을까, 즐거울까. 그 사람이 첫날처럼 좋아해 줄까, 혹시 어색하진 않을까. 마음이 조급해 지면 이래저래 쓸데없는 걱정이 밀려온다.

누군가를 떠올릴 때면
그 사람과의 두 번째 만남을 항상 떠올린다.

그 사람이 두 번째 날 무슨 옷을 입고 왔는지,
그날 날씨는 어땠는지, 바람은 어땠는지,
어디서 봤는지, 풍경은 어땠는지.

장면은 그렇게 영화처럼 머리에 각인된다.

어떤 은행

"이것도 맡겨둘게요."

우수 고객 구보 씨는
오늘도 은행에 들릅니다.

편리하게 모든 절차를
스마트폰으로 할 수 있는 시대가 도래했지만
그는 꼭 오후 3시 59분에라도
은행 문을 열고 들어와

굳이 자신의 차례가 오는 것을
고루하게 기다려
자신의 손으로 그것들을 저축합니다.
그래야 마음이 놓이나 봅니다.

"은행을 찾아오는 이유는 안전하기 때문이에요.

다른 건 바라는 게 없어요.

대신 필요할 때 모두 인출해 갈게요."

은행에 구보 씨가

맡겨둔 목록은 다음과 같습니다.

놀이동산

남이섬

그 남자 작곡 그 여자 작사

영화 ONCE

커플 요금제

까르보나라

미술관

둘이 타는 자전거

청평 유원지

케이블카

네, 오늘도 많습니다.
미련할 정도로 많이 가져왔네요.
요즘 같은 저금리 시대에.

"언제까지 이렇게 모아둘 건가요?"
"글쎄요."

미련한 구보 씨는
답답한 입술만큼이나
말이 없고 느립니다.

"이것들이 다 뭔가요?"
"생각하면 싫은 것들이요."

직원도 오늘은
궁금했는지 질문을 이어갑니다.

"그 사람과 함께 했던 것들인가요?"
"아니요."

"그럼요?"
"그 사람과 헤어진 후
함께 하지 못한 것들이에요."

직원은 그날 이후
구보 씨에게 어떤 것도 묻지 않습니다.

예뻐

지금까지 여자를 울린 경우를 생각해보았다.

애칭으로 '돼지'라고 했다가 울렸다.
코가 낮아서 좋아, 했다 울렸다.
주름이 진 것 같아, 해서 울렸다.
1시간 넘게 기다리게 해서 울렸다.
100일 기념이라고 안아주다 울렸다.
핫초코 먹고 싶어 했는데 딴 거 먹자고 했다 울렸다.
피아노 쳐달라고 했는데 안 쳐줬다 울렸다.
일 년이나 사귀었는데 술 한 번 같이 안 먹어줬다고 울렸다.
속눈썹 더 길다고 자랑했다 울렸다.
파마 망한 그녀에게 '어우, 하지 말랬잖아' 했다가 울렸다.

정리해보면 선명한 사실
어떤 순간에도
그녀는 예쁘게 보이고 싶었다.

안 예쁜 모습마저

좋아한다는 말은 속으로만 생각해.

두려운 연애

겁을 먹지 말아야 한다.
감정에 겁을 먹지 말아야 한다.
나이 들었다고, 내가 이럴 나이냐고,
나이에 맞게 만나자고 생각하는 순간
모든 게 거짓인 연애가 되더라.

사는 데 가장 중요한 건
감정에 거짓말하지 않는 것이더라.

사는 데 가장 중요한 건
나를 바라보는 감정에
겁먹지 않고 마주 서는 것이더라.

나이 들며 그게 가장 어려운 일이더라.

요즘 슬픈 노래를
들으신다고요

요즘 슬픈 노래를 들으신다고요.

마음이
조금 안정되었다는 징후죠.
이제 사람을 좀
만나도 될 겁니다.

정말,
사람이 극한으로 슬플 땐
어떤 음악에도 반응하기 때문에
음악을 꺼야 할 겁니다.

슬픈 노래를 들으면
가슴이 저릿하겠지만
그만큼 살만해진 겁니다.

조만간
신나는 음악을
듣게 되길 기대합니다.

아,
신나는 음악을 듣는 단계가
완쾌의 단계는 아니에요.
즐겁고 싶다는 건
지금이 즐겁지 못하단 방증이니까요.

그 다음 단계
신나는 음악을 듣는 시기를 지나
다시 한 번
슬픈 음악을 듣는 단계

슬픈 음악을 들어도

가슴이 콕콕 아프지 않고
슬픈 음악은
그냥 슬픈 음악대로
좋게 들리는 단계

그제야 비로소
의사는 당신이
완쾌 단계에 근접했다고
진단해줄 겁니다.

당신의 안녕과 쾌유를
진심으로 기원합니다.

나란 사람

이상형이 뭐냐는 말에 '쉴 곳'이라 말한 적이 있습니다.
장소 말고 사람을 말하라는 얘기에 나에게 이상향은
쉴 곳, 그늘 같은 곳이라 재차 강조해 말한 기억이 납니다.

나는 말이 많은 사람을 좋아하지 않습니다.
내가 말이 많거든요.
화려한 사람도 좋아하지 않아요.
내가 그런 일을 하니까.
수줍고 부끄럼 많은,
혹은 바보같이 성실한 사람을 좋아합니다.
내가 못 가진 것을 가진 바보를 좋아하는 편이죠.

대체 왜 나 같은 사람을 좋아하냐 물으면
당신에게 밤새 얘기해줍니다.
듣는 걸 좋아하는 당신이 신기하게 내 노래를 듣고 있으면
말없이 우리 곁엔 파도가 스쳐 가지요.

그런 낭만을 꿈꿉니다.

아마 이 세상엔 없겠지요.

일어나니 날씨가 눈부시게 좋아요.

동네를 걷는데 사람은 적당히 드물고

햇살이 쏟아지게 내리는 게 당연히 일요일 오전인 줄.

처음 책을 내자고 했을 때 든 생각은

'내 얘기가 뭐라고…' 였습니다.

그리 대단치 않은 얘기일 뿐 아니라

누군가에게 자랑할 만한 얘기가 아니라 생각했기 때문입니다.

만났던 사람에 대한 예의도 아니라 생각했습니다.

그래서 윤색을 했습니다.

때로는 부끄러운 말을 고치고

해주지 못한 말 덧칠하고

아쉬웠던 맘은 흐리게 만들어

나의 이야기이기보다 우리의 얘기이고 싶었습니다.

그리고 인칭을 바꿨습니다.

그 사람이 다칠까봐 이야기를 조금 비틀고
그 사람이 착각할까봐 이야기를 덧입히고
그 사람과의 추억이기보다 우리의 추억이기를 소망했습니다.

사랑은 부끄러운 기록입니다.
그래서 그 기록을 드라마 대사로 바꿔내는 데
한 계절이란 시간이 걸렸습니다.

지금 이 순간에도
이 부끄러운 글을 세상에 내어놓는 게 창피하지만
어찌 보면 사랑은 이렇듯 창피하기에
누군가에게 우리는 그렇게 창피한 기록이었을지 모르기에

이 부족한 글을 내놓습니다.

당신의 하루는 바쁘고, 내 마음도 바쁘겠죠.
그럴 때 위로가 되어줄 수 있는 얘기이기를.

바쁜 당신의 하루 속에
당신도 모르게 햇살이 눈부시게 스며들길.
자신들도 모르게 좋은 것들만 바짝 쬐길.

2017년 3월 마지막 퇴고를 마치며 성수동 작업실에서.
더필름

2017년 5월 첫째 주,
저자가 이 책의 이미지를 상상하며 작곡한
북 OST가 음원으로 발매됩니다.
5월부터는 음악을 켜두고 읽어보세요.

쏟아지는 밤

1판 1쇄 인쇄 2017년 4월 3일
1판 1쇄 발행 2017년 4월 10일

지은이 더필름

발행인 양원석
본부장 김순미
편집장 김건희
책임편집 박민희
디자인 RHK 디자인연구소 마가림, 김미선
본문사진 신향화, 박소희
해외저작권 황지현
제작 문태일
영업마케팅 최창규, 김용환, 이영인, 정주호, 박민범, 이선미, 이규진, 김보영

펴낸 곳 ㈜알에이치코리아
주소 서울시 금천구 가산디지털2로 53, 20층 (가산동, 한라시그마밸리)
편집문의 02-6443-8859 **구입문의** 02-6443-8838
홈페이지 http://rhk.co.kr
등록 2004년 1월 15일 제2-3726호

ISBN 978-89-255-6145-5 (03810)